紅樓夢第九回

訓劣子李貴承申飭　嗔頑童茗煙鬧書房

話說秦邦業父子專候賈家人來送上學之信原來寶玉急于要和秦鐘相遇遂擇了後日一定上學打發人送了信到了這天寶玉起來時襲人早已把書筆文物收拾停妥坐在床沿上發悶見寶玉起來只得伏侍他梳洗寶玉見他悶悶的問道好姐姐你怎麼又不喜歡了難道怕我上學去撂的你們淸冷了不成襲人笑道這是那裡的話念書是狠好的事不然潦倒一輩子了終久怎麼樣呢但只一件只是念書的時候兒想着書不念的時候兒想著家總別和他們頑鬧碰見老爺不是頑

的雖說是奮志要强那工課寧可少些一則貪多嚼不爛二則身子也要保重這就是我的意思你好歹體諒些襲人說一句寶玉答應一句襲人又道大毛衣服我也包好了交給小子們去了學裡冷好歹想着添換比不得家裡有人照顧腳爐手爐也交出去了你可逼着他們給你籠上那一起懶賊你不說他們樂得不動白凍壞了你寶玉道你放心我自已都會調停的你們也可別悶死在這屋裡長和林妹妹一處頑頑兒去纔好說著俱已穿戴齊脩襲人催他去見賈母賈政王夫人寶玉又囑咐了晴雯麝月幾句方出來見賈母賈母也不免有幾句囑咐的話然後去見王夫人又出來到書房中見賈政這日賈

政正在書房中和淸客相公們說閒話兒忽見寶玉進來請安回說上學去賈政冷笑道你要再提上學兩個字連我也羞死了依我的話你竟頑你的去是正經看仔細站腌臢了我這個地靠腌臢了我這個門衆淸客都起身笑道老世翁何必如此今日世兄一去二三年就可顯身成名的斷不似往年仍作小兒之態了天也將飯時了世兄竟快請罷說著便有兩個年老的攜了寶玉出去賈政因問跟寶玉的是誰只聽見外面答應了一聲早進來三四個大漢打千兒請安賈政看時是寶玉奶姆的兒子名喚李貴的因向他道你們成日家跟他上學他到底念了些什麼書倒念了些流言混話在肚子裡學了些精緻

的淘氣等我閒一閒先揭了你的皮再和那不長進的東西算賬嚇的李貴忙雙膝跪下摘了帽子碰頭連連答應是又回說哥兒已經念到第三本詩經什麼攸攸鹿鳴荷葉浮萍小的不敢撒謊說的滿坐鬨然大笑起來賈政也掌不住笑了因說道那怕再念三十本詩經也是掩耳盜鈴哄人而已你去請學裡太爺的安就說我說的什麼詩經古文一槩不用虛應故事只是先把四書一齊講明背熟是最要緊的李貴忙答應是見賈政無話方退出去此時寶玉獨站在院外屏聲靜候等他們出來同走李貴等一面撣衣裳一面說道哥兒可聽見了先要揭我們的皮呢人家的奴才跟主子賺些個體面我們這些

奴才白陪著挨打受罵的從此也可憐見些纔好寶玉笑道好哥哥你別委屈我明兒請你李貴道小祖宗誰敢望請只求聽一兩句話就有了說着又至賈母這邊秦鐘早已來了賈母正和他說話兒呢於是二人見過辭了賈母寶玉忽想起未辭黛玉又忙至黛玉房中來作辭彼時黛玉在窗下對鏡理粧聽寶玉說上學去因笑道好這一去可是要蟾宮折桂了我不能送你了寶玉道好妹妹等我下學再吃晚飯那胭脂膏子也等我再來製嘮叨了半日方抽身去了黛玉忙又叫住問道你怎麼不去辭你寶姐姐來呢寶玉笑而不答一徑同秦鐘上學去了原來這義學也離家不遠原係當日始祖所立恐族中子弟有力不能延師者即入此中讀書凡族中爲官者皆有帮助銀兩以爲學中膏火之費舉年高有德之人爲塾師如今秦寶二人來了一一的都互相拜見過讀起書來自此後二人同來同往同起同坐愈加親密兼賈母愛惜也常留下秦鐘一住三五天和自己重孫一般看待因見秦鐘家中不甚寬裕又助些衣服等物不上一兩月工夫秦鐘在榮府裡便慣熟了寶玉終是個不能安分守理的人一味的隨心所欲因此發了癖性又向秦鐘悄說偺們兩個人一樣的年紀況又同窗以後不必論叔姪只論弟兄朋友就是了先是秦鐘不敢寶玉不從只叫他兄弟叫他表字鯨卿秦鐘也只得混着亂叫起來原來這學中雖都

是本族子弟與些親戚家的子姪俗語說的好一龍九種種種各别未免人多了就有龍蛇混雜下流人物在內自秦寶二人來了都生的花朵兒一般的模樣又見秦鐘腼腆溫柔未語先紅怯怯羞羞有女兒之風寶玉又是天生成慣能作小服低賠身下氣性情體貼話語纏綿因他二人又這般親厚也怨不得那起同窗人起了嫌疑之念背地裡你言我語詬誶謠諑佈滿書房內外原來薛蟠自來王夫人處住後便知有一家學學中廣有青年子弟偶動了龍陽之興因此也假說來上學不過是三日打魚兩日曬網白送些束修禮物與賈代儒却不曾有一點兒進益只圖結交些契弟誰想這學內的小學生圖了薛蟠

的銀錢穿吃被他哄上手了也不消多記又有兩個多情的小學生亦不知是那一房的親眷亦未考真姓名只因生得嫵媚風流滿學中都送了兩個外號一個叫香憐一個叫玉愛别人雖都有羨慕之意不利于孺子之心只是懼怕薛蟠的威勢不敢來沾惹如今秦寶二人一來了見了他兩個也不免繾綣羨愛亦知係薛蟠相知未敢輕舉妄動香玉二人心中一般的留情與秦寶因此四人心中雖有情意只未發出每日一入學中四處各坐却八目勾留或設言托意或咏桑寓柳遥以心照非外面自爲避人眼目不料偏又有幾個滑賊看出形景來都背後擠眉弄眼或咳嗽揚聲這也非止一日可巧這日代儒有事

回家只留下一句七言對聯令學生對了明日再來上書將學中之事又命長孫賈瑞管理妙在薛蟠如今不大上學應卯了因此秦鐘趁此和香憐弄眉擠眼二人假出小恭走至後院說話秦鐘先問他家裡的大人可管你交朋友不管一語未了只聽見背後咳嗽了一聲二人嚇的忙回顧時原來是窗友名金榮的香憐本有些性急便羞怒相激問他道你咳嗽什麼難道不許我們說話不成金榮笑道許你們說話難道不許我咳嗽不成我只問你們有話不分明說許你們這樣鬼鬼祟祟的幹什麼故事我可也拿住了還賴什麼先讓我抽個頭兒咱們一聲兒不言語不然大家就翻起來秦香二人就急得飛紅的臉

便問道你拿住什麼了金榮笑道我現拿住了是真的說着又拍着手笑嚷道貼的好燒餅你們都不買一個吃去秦鐘香憐二人又氣又急忙進來向賈瑞前告金榮說金榮無故欺負他兩個原來這賈瑞最是個圖便宜沒行止的人每在學中以公報私勒索子弟們請他後又助着薛蟠圖些銀錢酒肉一任薛蟠橫行霸道他不但不去管約反助紂為虐討好兒偏那薛蟠本是浮萍心性今日愛東明日愛西近來有了新朋友把香玉二人丢開一邊就連金榮也是當日的好友自有了香玉二人便見棄了金榮近日連香玉亦已見棄故賈瑞也無了提携幫襯之人不怨薛蟠得新厭故只怨香玉二人不在薛蟠跟前提

摶了因此賈瑞金榮等一干人也正醋妬他兩個今見秦香二人來告金榮賈瑞心中便不自在起來雖不敢呵叱秦鐘却拿着香怜作法反說他多事著實搶白了幾句香怜反討了沒趣連秦鐘也訕訕的各歸坐位去了金榮越發得了意搖頭咂嘴的口內還說許多閒話玉愛偏又聽見兩個人隔坐咕咕唧唧的角起口来金榮只一口咬定說方纔明明的撞見他兩個在後院裡親嘴摸屁股兩個商議定了一對兒論長道短那時只顧得志亂說却不防還有別人誰知早又觸怒了一個人你道這一個人是誰原来這人名喚賈薔亦係寧府中之正派元孫父母早亡從小兒跟着賈珍過活如今長了十六歲比賈蓉生

得還風流俊俏他兄弟二人最相親厚常共起居寧府中人多口雜那些不得志的奴僕耑能造言誹謗主人因此不知又有什麼小人詬誶謠諑之辭賈珍想亦風聞得些口聲不好自已也要避些嫌疑如今竟分與房舍命賈薔搬出寧府自已立門戶過活去了這賈薔外相既美內性又聰敏雖然虛名來上學亦不過虛掩眼目而已仍是鬥雞走狗賞花閱柳為事上有賈珍溺愛下有賈蓉匡助因此族中人誰敢觸逆于他他既和賈蓉最好今見有人欺負秦鐘如何肯依如今自已要挺身出來報不平心中且忖度一番金榮賈瑞一等人都是薛大叔的相知我又與薛大叔相好倘或我一出頭他們告訴了老薛我們

豈不傷和氣呢欲要不管這謠言說的大家沒趣如今何不用計制伏又止息了口聲又不傷臉面想畢也粧出小恭去走至後面悄悄把跟寶玉書童茗烟叫至身邊如此這般調撥他幾句這茗烟乃是寶玉第一個得用且又年輕不諳事的今聽賈薔說金榮如此欺負秦鍾連你們的爺寶玉都干連在內不給他個知道下次越發狂縱這茗烟無故就要欺壓人的如今得了這信又有賈薔助著便一頭進來找金榮也不叫金相公了只說姓金的你什麼東西賈薔遂跺一跺靴子故意整整衣服看看日影兒說正時候了遂先向賈瑞說有事要早走一步賈瑞不敢止他只得隨他去了這裡茗烟走進來便一把揪住金

榮問道我們肏屁股不肏管你𣬠𣬠相干橫豎沒肏你爹罷了說你是好小子出來動一動你茗大爺嚇的滿屋中子弟都忙忙的痴望賈瑞忙喝茗烟不得撒野金榮氣黃了臉說反了奴才小子都敢如此我只和你主子說便奪手要去抓打寶玉秦鍾剛轉出身來聽得腦後颼的一聲早見一方硯瓦飛來並不知係何人打來却打了賈藍賈菌的坐上這賈藍賈菌亦係榮府近派的重孫這賈菌少孤其母疼愛非常書房中與賈藍最好所以二人同坐誰知這賈菌年紀雖小志氣最大極是淘氣不怕人的他在位上冷眼看見金榮的朋友暗助金榮飛硯來打茗烟偏打錯了落在自己面前將個磁硯水壺兒打粉碎濺

了一書墨水賈菌如何依得便罵好囚攮的們這不都動了手了麼罵着也便抓起硯台來要飛賈藍是個省事的忙按住硯台忙勸道好兄弟不與偺們相干賈菌如何忍得住見按住硯台他便兩手抱起書篋子來照這邊扔去終是身小力薄却扔不到反扔到寶玉秦鐘案上就落下來了只聽嘩啷一响砸在桌上書本紙片筆硯等物撒了一桌又把寶玉的一碗茶也砸得碗碎茶流那賈菌即便跳出來要揪打那飛硯的人金榮此時隨手抓了一根毛竹大板在手地狹人多那裡經得舞動長板茗烟早吃了一下亂嚷你們還不來動手寶玉還有幾個小厮一名掃紅一名鋤藥一名墨雨這三個豈有不淘氣的一齊亂嚷小婦養的動了兵器了墨雨遂掇起一根門閂掃紅鋤藥手中都是馬鞭子蜂擁而上賈瑞急得攔一回這個勸一回那個誰聽他的話肆行大亂衆頑童也有帮着打太平拳助樂的也有胆小藏過一邊的也有立在桌上拍著手亂笑喝着聲兒叫打的登時鼎沸起來外邊幾個大僕人李貴等聽見裡邊作反起來忙都進來一齊喝住問是何故衆聲不一這一個如此說那一個又如彼說李貴且喝罵了茗煙等四個一頓攆了出去秦鐘的頭早撞在金榮的板上打去一層油皮寶玉正拿褂襟子替他揉見喝住了衆人便命李貴收書拉馬來我去回太爺去我們被人欺負了不敢說別的守禮來告訴瑞大爺瑞大

爺反泒我們的不是聽着人家罵我們還調唆人家打我們茗烟兒人欺負我他豈有不爲我的他們反打夥兒打了茗烟連秦鐘的頭也打破了還在這裡念書麽李貴勸道哥兒不要性急太爺既有事回家去了這會子爲這點子事去聒噪他老人家到顯的偺們没禮是的依我的主意那裡的事情那裡了結何必驚動老人家這都是瑞大爺的不是太爺不在家裡你老人家就是這學裡的頭腦了衆人看你行事衆人有了不是該打的打該罰的罰如何等鬧到這步田地還不管呢賈瑞道我吆喝着都不聽李貴道不怕你老人家腦我素日你老人家到底有些不是所以這些兒弟不聽就鬧到太爺跟前去連你老

人家也脫不了的還不快作主意撕擄開了罷寶玉道撕擄什麽我必要回去的秦鐘哭道有金榮在這裡我是要回去的了寶玉道這是爲什麽難道别人家來得偺們倒來不得的我必回明白衆人攆了金榮去又問李貴這金榮是那一房的親戚李貴想一想道也不用問了若說起那一房親戚更傷了兄弟們的和氣了茗烟在窗外道他是東府裡璜大奶奶的姪兒什麽硬挣仗腰子的也來嚇我們璜大奶奶是他姑媽你那姑媽只會打旋磨兒給我們璉二奶奶跪着借當頭我眼裡就看不起他那樣主子奶奶麽李貴忙喝道偏這小狗攮知道有這些蛆嚼寶玉冷笑道我只當是誰親戚原來是璜嫂子姪兒我就

去向他們問說着便要走叫茗煙進來包書茗烟進來包書又得意洋洋的道爺也不用自已去見他等我去找他就說老太太有話問他呢僱上一輛車子拉進去當着老太太問他豈不省事李貴忙喝道你要死啊仔細回去我好不好先捶了你然後回老爺太太就說寶哥兒全是你調唆我這裡好容易勸哄的好了一半你又來生了新法兒你鬧了學堂不說變個法兒壓息了纔是還往火裡奔茗烟聽了方不敢做聲此時賈瑞也生恐鬧不清自已也不干淨只得委曲着來央告秦鐘又央告寶玉先是他二人不肯後來寶玉說不回去也罷了只叫金榮賠不是便罷金榮先是不肯後來經不得賈瑞也來逼他權賠

個不是李貴等只得好勸金榮說原來是你起的頭兒你不這樣怎麽了局呢金榮强不過只得與秦鐘作了個揖寶玉還不依定要磕頭賈瑞只要暫息此事又悄悄的勸金榮說俗語說的忍得一時忿終身無腦悶未知金榮從也不從下回分解

紅樓夢第九回終

紅樓夢第十回

金寡婦貪利權受辱　張太醫論病細窮源

話說金榮因人多勢衆又兼賈瑞勒令賠了不是給秦鐘磕了頭寶玉方纔不吵鬧了大家散了學金榮自己回到家中越想越氣說秦鐘不過是賈蓉的小舅子又不是賈家的子孫附學讀書也不過和我一樣因他仗着寶玉和他相好就目中無人既是這樣就該幹些正經事也沒的說他素日又和寶玉鬼鬼祟祟的只當人家都是瞎子看不見今日他又去勾搭人偏偏撞在我眼裡就是鬧出事來我還怕什麼不成他母親胡氏聽見他咕咕唧唧的說你又要管什麼閒事好容易我和你姑媽

說了你姑媽又千方百計的和他們西府裡璉二奶奶跟前說了你纔得了這個念書的地方兒若不是仗着人家偺們家裡還有力量請的起先生麼況且人家學裡茶飯都是現成的你這二年在那裡念書家裡也省好大的嚼用呢省出來的你又愛穿件體面衣裳再者你不在那裡念書你就認得什麼薛大爺了那薛大爺一年也幫了偺們七八十兩銀子你如今要鬧出了這個學房再想找這麼個地方兒我告訴你說罷比登天的還難呢你給我老老實實的頑一會子睡你的覺去好多着呢於是金榮忍氣吞聲不多一時也自睡覺去了次日仍舊上學去了不在話下且說他姑媽原給了賈家玉字輩的嫡派名

唤賈璜但其族人那裡皆能像寧榮二府的家勢原不用細說這賈璜夫妻守着些小小的産業又時常到寧榮二府裡去請安又會奉承鳳姐兒并尤氏所以鳳姐兒尤氏也時常資助資助他方能如此度日今日正遇天氣晴明又值家中無事遂帶了一個婆子坐上車來家裡走走瞧瞧嫂子和姪兒說起話兒來金榮的母親偏提起昨日賈家學房裡的事從頭至尾一五一十都和他小姑子說了這璜大奶奶不聽則已聽了怒從心上起說道這秦鐘小雜種是賈門的親戚難道榮兒不是賈門的親戚也別太勢利了况且都做的是什麽有臉的事就是寳玉也不犯向着他到這個田地等我到東府裡瞧瞧我們珍大奶奶再和秦鐘的姐姐說說叫他評評理金榮的母親聽了急的了不得忙說道這都是我的嘴快告訴了姑奶奶求姑奶奶快別去說罷別管他們誰是誰非倘或鬧出來怎麽在那裡站的住要站不住家裡不但不能請先生還得他身上添出許多嚼用來呢璜大奶奶說道那裡管的那些個等我說了看是怎麽樣也不容他嫂子勸一面叫老婆子瞧了車坐上竟往寧府裡來到了寧府進了東角門下了車進去見了尤氏那裡還有大氣兒殷殷勤勤叙過了寒温說了些閒話兒方問道今日怎麽沒見蓉大奶奶尤氏說他這些日子不知怎麽了經期有兩個多月沒有來叫大夫瞧了又說並不是喜那兩日到下半日

就懶怠動了話也懶怠說神也發涅我叫他你且不必拘禮早晚不必照例上来你竟養養兒罷就有親戚來還有我呢別的長輩怪你等我替你告訴連蓉哥兒我都囑咐了我說你不許累掯他不許招他生氣叫他静静兒的養幾天就好了他要想什麼吃只管到我屋裡來取倘或他有個好歹你再要娶這麼一個媳婦兒這麼個模樣兒這麼個性格兒只怕打着燈籠兒也没處找去呢他這爲人行事兒那個親戚長輩兒不喜歡他所以我這兩日心裡狠煩偏偏兒的早起他兄弟來瞧他誰知那小孩子家不知好歹看見他姐姐身上不好這些事也不當告訴他就受了萬分委屈也不該向著他說誰知昨日學房裡

打架不知是那裡附學的學生倒欺負他裡頭還有些不干不净的話都告訴了他姐姐嬸子你是知道的那媳婦雖則見了人有說有笑的他可心細不拘聽見什麼話兒都要忖量個三日五夜纔罷這病就是打這用心太過上得的今兒聽見有人欺負了他的兄弟又是惱又是氣惱的是那狐朋狗友搬弄是非調三窩四氣的是爲他兄弟不學好不上心念書纔弄的學房裡吵鬧他爲這件事索性連早飯還没吃我纔到他那邊解勸了他一會子又囑咐了他的兄弟幾句我叫他兄弟到那邊府裡又找寶玉兒去我又瞧着他吃了半鍾兒燕窩湯我纔過来了嬸子你說我心焦不心焦况且目今又没個好大夫我想

到他病上我心裡如同針扎的一般你們知道有什麽好大夫沒有金氏聽了這一番話把方纔在他嫂子家的那一團要向秦氏理論的盛氣早嚇的丢在爪窪國去了聽見尤氏問他好大夫的話連忙答道我們也沒聽見人說什麽好大夫如今聽起大奶奶這個病來定不得還是喜呢嫂子倒别教人混治倘若治錯了可了不得尤氏道正是呢說話之間賈珍從外進來見了金氏便問尤氏道這不是璜大奶奶麽金氏向前給賈珍請了安賈珍向尤氏說你讓大妹妹吃了飯去賈珍說着話便向那屋裡去了金氏此來原要向秦氏說秦鐘欺負他兄弟的事聽見秦氏有病連提也不敢提了况且賈珍尤氏又待的甚

好因轉怒爲喜的又說了一會子閒話方家去了金氏去後賈珍方過來坐下問尤氏道今日他來又有什麽說的尤氏答道倒沒說什麽一進來臉上到像有些個惱意是的及至說了半天話兒又提起媳婦的病他倒漸漸的氣色平和了你又叫留他吃飯他聽見媳婦這樣的病也不好意思只管坐着又說了幾句話就去了倒沒有求什麽事如今且說媳婦這病你那裡尋一個好大夫給他瞧瞧要緊可别耽悞了現今偺們家走的這羣大夫那裡要得一個個都是聽著人的口氣兒人怎麽說他也添幾句文話兒說一遍可倒殷勤的狠三四個人一日輪流着倒有四五遍來看脉大家商量着立個方兒吃了也不見

效倒弄的一日三五次換衣裳坐下起來的見大夫其實於病人無益賈珍道可是這孩子也糊塗何必又脫脫換換的倘或又着了凉更添一層病還了得任憑什麼好衣裳又值什麼呢孩子的身體要緊就是一天穿一套新的也不值什麼我正要告訴你方子馮紫英來看我他見我有些心裡煩悶問我怎麼了我告訴他媳婦身子不大爽快因為不得個好大夫斷不透是喜是病又不知有妨礙沒妨礙所以我心裡實在着急馮紫英因說他有一個幼時從學的先生姓張名友士學問最淵博更兼醫理極精且能斷人的生死今年是上京給他兒子捐官現在他家住着呢這樣看來或者媳婦的病該在他手裡除災也未可定我已叫人拿我的名帖去請了今日天晚或未必來明日想一定來的且馮紫英又回家親替我求他務必請他來瞧的等待張先生來瞧了再說罷尤氏聽說心中甚喜因說後日是太爺的壽日到底怎麼個辦法賈珍說道我方纔到了太爺那裡去請安兼請太爺來家受一受一家子的禮太爺因說道我是清淨慣了的我不願意往你們那是非場中去你們必定說是我的生日要叫我去受些眾人的頭你莫如把我從前注的陰隲文給我好好的叫人寫出來刻了比叫我無故受眾人的頭還強百倍呢倘或明日後日這兩天一家子要來你就在家裡好好的欵待他們就是了也不必給我送什麼東西來連

你後日也不必來你要心中不安你今日就給我磕了頭去倘或後日你又跟許多人來鬧我我必和你不依如此說了後日我是再不敢去的了且叫賴陞來吩咐他預偹兩日的筵席尤氏因叫了賈蓉來吩咐賴陞照例預備兩日的筵席要豐豐富富的你再親自到西府裡請老太太大太太二太太和你璉二嬸子來逛逛你父親今日又聽見一個好大夫已經打發人請去了想明日必來你可將他這些日子的病症細細的告訴他賈蓉一一答應着出去了正遇着剛纔到馮紫英家去請那先生的小子回來了因回道奴才方纔到了馮大爺家拿了老爺名帖請那先生去那先生說是方纔這裡大爺也和我說了但

只今日拜了一天的客纔回到家此時精神實在不能支持就是去到府上也不能看脉須得調息一夜明日務必到府他又說醫學淺薄本不敢當此重薦因馮大爺和府上既已如此說了又不得不去你先替我回明大人就是了大人的名帖着實不敢當還叫奴才拿回來了哥兒替奴才回一聲兒罷賈蓉復轉身進去回了賈珍尤氏的話方出來叫了賴陞吩咐預備兩日的筵席的話賴陞答應自去照例料理不在話下且說次日午間門上人回道請的那張先生來了賈珍遂延入大廳坐下茶畢方開言道昨日承馮大爺示知老先生人品學問又兼深通醫學小弟不勝欽敬張公道晚生粗鄙下士知識淺陋昨因

馮大爺示知大人家弟謙恭下士又承呼喚不敢違命但毫無實學倍增汗顏賈珍道先生不必過謙就請先生進去看看兒婦仰仗高明以釋下懷于是賈蓉同了進去到了內室見了秦氏向賈蓉說道這就是尊夫人了賈蓉道正是請先生坐下讓我把賤內的病症說一說再看脉如何那先生道依小弟意下竟先看脉再請教病源爲是我初造尊府本也不知道什麼但我們馮大爺務必叫小弟過來看看小弟所以不得不來如今看了脉息看小弟說得是不是再將這些日子的病勢講一講大家斟酌一個方兒可用不可用那時大爺再定奪就是了賈蓉道先生實在高明如今恨相見之晚就請先生看一看脉息可治不可治得以使家父母放心於是家下媳婦們捧過大迎

枕來一面給秦氏靠着一面拉着袖口露出手腕來這先生方伸手按在右手脉上調息了至數凝神細診了半刻工夫換過左手亦復如是診畢了說道我們外邊坐罷賈蓉於是同先生到外邊屋裡炕上坐了一個婆子端了茶來賈蓉道先生請茶茶畢問道先生看這脉息還治得不得先生道看得尊夫人脉息左寸沉數左關沉伏右寸細而無力右關虛而無神其左寸沉數者乃心氣虛而生火左關沉伏者乃肝家氣滯血虧右寸細而無力者乃肺經氣分太虛右關虛而無神者乃脾土被肝木尅制心氣虛而生火者應現今經期不調夜間不寐肝家

血虧氣滯者應脇下痛脹月信過期心中發熱肺經氣分太虛者頭目不時眩暈寅卯間必然自汗如坐舟中脾土被肝木尅制者必定不思飲食精神倦怠四肢酸軟據我看這脈當有這些症候纔對或以這個脈爲喜脈則小弟不敢聞命矣旁邊一個貼身伏侍的婆子道何嘗不是這樣呢真正先生說得如神倒不用我們說了如今我們家裡現有好幾位太醫老爺瞧着呢都不能說得這樣真切有的說道是喜有的說道是病這位說不相干這位又說怕冬至前後總沒有個真著話兒求老爺明白指示指示那先生說大奶奶這個症候可是眾位耽擱了要在初次行經的時候就用藥治起只怕此時已全愈了如今

旣是把病耽悞到這地位也是應有此災依我看起來病到尚有三分治得吃了我這藥看若是夜間睡的着覺那時又添了二分拿手了據我看這脈息大奶奶是個心性高強聰明不過的人但聰明太過則不如意事常有不如意事常有則思慮太過此病是憂慮傷脾肝木忒旺經血所以不能按時而至大奶奶從前行經的日子問一問斷不是常縮必是常長的是不是這婆子答道可不是從沒有縮過或是長兩日三日以至十日不等都長過的先生聽道是了這就是病源了從前若能以養心調氣之藥服之何至於此這如今明顯出一個水虧火旺的症候來待我用藥看於是寫了方子遞與賈蓉上寫的是

益氣養榮補脾和肝湯

人參二錢　白朮二錢土炒　雲苓三錢　熟地四錢

歸身二錢　白芍二錢　川芎一錢五分　黃芪三錢

香附米二錢　醋柴胡八分　懷山藥二錢炒　眞阿膠二錢蛤粉炒

延胡索錢半酒炒　炙甘草八分

引用建蓮子七粒去心　大棗二枚

賈蓉看了說高明的很還要請教先生這病與性命終久有妨無妨先生笑道大爺是最高明的人人病到這個地位非一朝一夕的症候吃了這藥也要看醫緣了依小弟看來今年一冬是不相干的總是過了春分就可望全愈了賈蓉也是個聰

明人也不往下細問了於是賈蓉送了先生去了方將這藥方子並脈案都給賈珍看了說的話也都回了賈珍並尤氏了尤氏向賈珍道從來大夫不像他說的痛快想必用藥不錯的賈珍笑道他原不是那等混飯吃久慣行醫的人因爲馮紫英我們相好他好容易求了他來的旣有了這個人媳婦的病或者就能好了他那方子上有人參就用前日買的那一觔好的罷賈蓉聽畢了話方出來叫人抓藥去煎給秦氏吃不知秦氏服了此藥病勢如何且聽下回分解

紅樓夢第十回終

紅樓夢第十一回

慶壽辰寧府排家宴　見熙鳳賈瑞起淫心

話說是日賈敬的壽辰賈珍先將上等可吃的東西稀奇的菓品裝了十六大捧盒着賈蓉帶領家下人送與賈敬去向賈蓉說道你留神看太爺喜歡不喜歡你就行了禮起來說父親遵太爺的話不敢前來在家裡率領合家都朝上行了禮了賈蓉聽罷即率領家人去了這裡漸漸的就有人來先是賈璉賈薔來看了各處的座位并問有什麽頑意兒沒有家人答道我們爺算計本來請太爺今日來家所以並未敢預備頑意兒前日聽見太爺不來了現叫奴才們找了一班小戲兒並一檔子打

十番的都在園子裡戲臺上預備着呢次後邢夫人王夫人鳳姐兒寶玉都來了賈珍並尤氏接了進去尤氏的母親已先在這裡大家見過了彼此讓了坐賈珍尤氏二人遞了茶因笑道老太太原是個老祖宗我父親又是姪兒這樣年紀這個日子原不敢請他老人家來但是這時候天氣又凉爽滿園的菊花盛開請老祖宗過來散散悶看看衆兒孫熱熱鬧鬧的是這個意思誰知老祖宗又不賞臉鳳姐兒未等王夫人開口先說道老太太昨日還說要來呢因爲晚上看見寶兄弟吃桃兒他老人家又嘴饞吃了有大半個五更天時候就一連起來兩次今日早晨畧覺身子倦些因叫我回太爺今日斷不能來了說有

好吃的要幾樣還要狠爛的呢賈珍聽了笑道我說老祖宗是愛熱鬧的今日不來必定有個緣故這就是了王夫人說前日聽見你大妹妹說蓉哥媳婦身上有些不大好到底是怎麽樣尤氏道他這個病得的也奇上月中秋還跟着老太太太太頑了半夜回家來好好的到了二十日已後一日比一日覺懶了又懶待吃東西這將近有半個多月經期又有兩個月没來邢夫人接着說道不要是喜罷正說着外頭人回道大老爺二老爺並一家的爺們都来了在廳上呢賈珍連忙出去了這裡尤氏復說從前大夫也有說是喜的昨日馮紫英荐了他幼時從學過的一個先生醫道狠好瞧了說不是喜是一個大症候昨日鬧了方子吃了一劑藥今日頭暈的略好些别的仍不見大效鳳姐兒道我說他不是十分支持不住今日這樣日子再也不肯不掙扎着上来尤氏道你是初三日在這裡見他的他强扎挣了半天也是因你們娘兒兩個好的上頭還戀戀的捨不得去鳳姐聽了眼圈兒紅了一會子方說道天有不測風雲人有旦夕禍福這點年紀倘或因這病上有個長短人生在世還有什麽趣兒呢正說着賈蓉進來給邢夫人王夫人鳳姐兒都請了安方回尤氏道方纔我給太爺送吃食去並說我父親在家伺候老爺們欵待一家子爺們遵太爺話並不敢来太爺聽了狠喜歡說這纔是叫告訴父親母親好生伺候太爺太太們

叫我好生伺候叔叔嬸子并哥哥們還說那陰騭文叫他們急急刻出來印一萬張散人我將這話都回了我父親了我這會子還得快出去打發太爺們并合家爺們吃飯鳳姐兒說蓉哥兒你且站著你媳婦今日到底是怎麼着賈蓉皺皺眉兒說道不好呢嬸子回來瞧瞧去就知道了於是賈蓉出去了這裡尤氏向邢夫人王夫人道太太們在這裡吃飯還是在園子裡吃去有小戲兒現在園子裡預備着呢王夫人向邢夫人道這裡狠好尤氏就吩咐媳婦婆子們快擺飯來門外一齊答應了一聲都各人端各人的去了不多時擺上了飯尤氏讓邢夫人王夫人並他母親都上坐了他與鳳姐兒寶玉側席坐了邢夫人王夫人道我們來原為給大老爺拜壽這豈不是我們來過生日來了麼鳳姐兒說大老爺原是好養靜的已修煉成了也算得是神仙了太太們這麼一說就叫作心到神知了一句話說得滿屋子裡笑起來尤氏的母親並邢夫人王夫人鳳姐兒都吃了飯漱了口淨了手纔說要往園子裡去賈蓉進來向尤氏道老爺們並各位叔叔哥哥們都吃了飯了大老爺說家裡有事二老爺是不愛聽戲又怕人鬧的慌都去了別的一家子爺們被璉二叔並薔大爺都讓過去聽戲去了方纔南安郡王東平郡王西寧郡王北靜郡王四家王爺並鎮國公牛府等六家忠靖侯史府等八家都差人持名帖送壽禮來俱回了我父親

收在賬房裡禮單都上了檔子了領謝名帖都交給各家的來人了來人也各照例賞過都讓吃了飯去了母親該請二位太太老娘嬸子都過園子裡去坐着罷尤氏道這裡也是纔吃完了飯就要過去了鳳姐兒說道我回太太我先瞧瞧蓉哥媳婦兒去我再過去罷王夫人道狠是我們都要去瞧瞧倒怕他嫌我們鬧的慌說我們問他好罷尤氏道好妹妹媳婦聽你的話你去開導開導他我也放心你就快些過園子裡來罷寶玉也要跟着鳳姐兒去瞧秦氏王夫人道你看看就過來罷那是姪兒媳婦呢于是尤氏請了王夫人邢夫人並他母親都過會芳園去了鳳姐兒寶玉方和賈蓉到秦氏這邊來進了房門悄悄的走到裡間房內秦氏見了要站起來鳳姐兒說快別起來看頭暈於是鳳姐兒緊行了兩步拉住了秦氏的手說道我的奶奶怎麽幾日不見就瘦的這樣了于是就坐在秦氏坐的褥子上寶玉也問了好在對面椅子上坐了賈蓉叫快倒茶來嬸子和二叔在上房還未吃茶呢秦氏拉着鳳姐兒的手強笑道這都是我沒福這樣人家公公婆婆當自家的女孩兒是的待嬸娘你姪兒雖說年輕却是他敬我我敬他從來沒有紅過臉兒就是一家子的長輩同輩之中除了嬸子不用說了別人也從無不疼我的也從無不和我好的如今得了這個病把我那要強心一分也沒有公婆面前未得孝順一天嬸娘這樣疼我我

就有十分孝順的心如今也不能彀了我自想着未必熬得過
年去寶玉正把眼瞅着那海棠春睡圖并那秦太虛寫的嫩寒
鎖夢因春冷芳氣襲人是酒香的對聯不覺想起在這裡睡晌
覺時夢到太虛幻境的事來正在出神聽得秦氏說了這些話
如萬箭攢心那眼淚不覺流下來了鳳姐兒見了心中十分難
過但恐病人見了這個樣子反添心酸倒不是來開導他的意
思了因說寶玉你忒婆婆媽媽的了他病人不過是這樣說那
裡就到這個田地况且年紀又不大畧病病兒就好了又回向
秦氏道你別胡思亂想豈不是自已添病了麼賈蓉道他這病
也不用別的只吃得下些飯食就不怕了鳳姐兒道寶兄弟太

太叫你快些過去呢你倒別在這裡只管這麼着倒招得媳婦
也心裡不好過太太那裡又惦着你因向賈蓉說道你先同你
寶叔叔過去罷我還略坐坐呢賈蓉聽說卽同寶玉過會芳園
去這裡鳳姐兒又勸解了一番又低低說許多衷腸話兒尤氏
打發人來兩三遍鳳姐兒纔向秦氏說道你好生養着我再來
看你罷合該你這病要好了所以前日遇著這個好大夫再也
是不怕的了秦氏笑道任憑他是神仙治了病治不得命嬸子
我知道這病不過是挨日子的鳳姐說道你只管這麼想這那
裡能好呢總要想開了纔好况且聽得大夫說若是不治怕的
是春天不好偺們若是不能吃人參的人家也難說了你公公

婆婆聽見治得好別說一日二錢人參就是二斤也吃得起好生養著罷我就過園子裡去了秦氏又道嬸子恕我不能跟過去了閑了的時候還求過來瞧瞧我呢咱們娘兒們坐坐多說幾句閒話兒鳳姐兒聽了不覺的眼圈兒又紅了道我得了閒兒必常來看你於是帶着跟來的婆子媳婦們並寧府的媳婦婆子們從裡頭繞進園子的便門來只見

黃花滿地白柳橫坡小橋通若耶之溪曲徑接天台之路石中清流滴滴籬落飄香樹頭紅葉翩翩踈林如畫西風乍緊猶聽鶯啼煖日常暄又添蛩語遙望東南建幾處依山之榭近觀西北結三間臨水之軒笙簧盈座別有幽情

羅綺穿林倍添韻致

鳳姐兒看著園中景的一步步行來正讚賞時猛然從假山石後走出一個人來向前對鳳姐說道請嫂子安鳳姐猛吃一驚將身往後一退說道這是瑞大爺不是賈瑞說道嫂子連我也不認得了鳳姐兒道不是不認得猛然一見想不到是大爺在這裡賈瑞道也是合該我與嫂子有緣我方纔偷出了席在這裡清淨地方略散一散不想就遇見嫂子這不是有緣麼一面說着一面拿眼睛不住的觀看鳳姐鳳姐是個聰明人見他這個光景如何不猜八九分呢因向賈瑞假意含笑道怪不得你哥哥常提你說你好今日見了聽你這幾句話兒就知道你是

個聰明和氣的人了這會子我要到太太們那邊去呢不得合你說話等閒了再會罷賈瑞道我要到嫂子家裡去請安又怕嫂子年輕不肯輕易見人鳳姐又假笑道一家骨肉說什麽年輕不年輕的話賈瑞聽了這話心中暗喜因想道再不想今日得此奇遇那情景越發難堪了鳳姐兒說道你快去入席去罷看他們拿住了罰你的酒賈瑞聽了身上已木了半邊慢慢的走着一面回過頭來看鳳姐兒故意的把脚放遲了見他去遠了心裡暗忖道這纔是知人知面不知心呢那裡有這樣禽獸的人他果如此幾時叫他死在我手裡他纔知道我的手段於是鳳姐兒方移步前來將轉過了一重山坡兒見兩三個婆子慌慌張張的走來見鳳姐兒笑道我們奶奶見二奶奶不來急的了不得叫奴才們又來請奶奶來了鳳姐兒說你們奶奶就是這樣急脚鬼似的鳳姐兒慢慢的走着問戲文唱了幾齣了那婆子回道唱了八九齣了說話之間已到天香樓後門見寶玉和一羣丫頭小子們那裡頑呢鳳姐兒說寶兄弟別忒淘氣了一個丫頭說道太太們都在樓上坐着呢請奶奶就從這邊上去罷鳳姐兒聽了款步提衣上了樓尤氏已在樓梯口等着尤氏笑道你們娘兒兩個忒好了見了面總捨不得來了你明日搬來和他同住罷你坐下我先敬你一鍾於是鳳姐兒至邢夫人王夫人前告坐尤氏拿戲單來讓鳳姐兒點戲鳳姐兒說

太太們在這裡我怎麽敢點邢夫人王夫人道我們和親家太太點了好幾齣了你點幾齣好的我們聽鳳姐兒立起身來答應了接過戲單從頭一看點了一齣還魂一齣談詞遞過戲單來說現在唱的這雙官誥完了再唱這兩齣也就是時候了王夫人道可不是呢也該趁早叫你哥哥嫂子歇歇他們心裡又不靜尤氏道太太們又不是常來的娘兒們多坐一會子去纔有趣兒天氣還早呢鳳姐兒立起身來望樓下一看說爺們都往那裡去了傍邊一個婆子道爺們纔到凝曦軒帶了十番那裡吃酒去了鳳姐兒道在這裡不便宜背地裡又不知幹什麽去了尤氏笑道那裡都像你這麽正經人呢於是說說笑笑點

的戲都唱完了方纔徹下酒席擺上飯來吃畢大家纔出園子來到上房坐下吃了茶纔叫預備車向尤氏的母親告了辭尤氏率同衆姬妾並家人媳婦們送出來賈珍率領衆子姪在車傍侍立都等候着見了邢王二夫人說道二位嬸子明日還過來逛逛王夫人道罷了我們今兒整坐了一日也乏了明日也要歇歇於是都上車去了賈瑞猶不住拿眼看著鳳姐兒賈珍進去後李貴纔拉過馬來寶玉騎上隨了王夫人去了這裡賈珍同一家子的弟兄子姪吃過飯方大家散了次日仍是衆族人等鬧了一日不必細說此後鳳姐兒不時親自來看秦氏秦氏也有幾日好些也有幾日歹些賈珍尤氏賈蓉甚是焦心且說

賈瑞到榮府來了幾次偏都值鳳姐兒往寧府去了這年正是十一月三十日冬至到交節的那幾日賈母王夫人鳳姐兒日日差人去看秦氏回來的人都說這幾日沒見添病也沒見大好王夫人向賈母說這個症候遇着這樣節氣不添病就有指望了賈母說可是呢好個孩子要有個長短豈不叫人疼死說着一陣心酸向鳳姐兒說道你們娘兒們好了一塲明日大初一過了明日你再看看他去你細細的瞧瞧他的光景倘或好些兒你回來告訴我那孩子素日愛吃什麼你也常叫人送些給他鳳姐兒一一答應了到初二日吃了早飯來到寧府裡看見秦氏光景雖未添什麼病但那臉上身上的肉都瘦乾了於

是和秦氏坐了半日說了些閒話又將這病無妨的話開導了一番秦氏道好不好春天就知道了如今現過了冬至又沒怎麼樣或者好的了也未可知嬸子回老太太太太放心罷昨日老太太賞的那棗泥餡的山藥糕我吃了兩塊倒像剋化的動的是的鳳姐兒道明日再給你送來我到你婆婆那裡瞧瞧就要趕着回去回老太太話去秦氏道嬸子替我請老太太太太的安罷鳳姐兒答應着就出來了到了尤氏上房坐下尤氏道你冷眼瞧媳婦是怎麼樣鳳姐兒低了半日頭說道這個就沒法兒了你也該將一應的後事給他料理料理沖一沖也好尤氏道我也暗暗的叫人預備了就是那件東西不得好木頭且

慢慢的辦著呢於是鳳姐兒喝了茶說了一會子話兒說道我要快些回去回老太太的話去呢尤氏道你可慢慢兒的說別嚇著老人家鳳姐兒道我知道於是鳳姐兒起身回到家中見了賈母說蓉哥媳婦請老太太安給老太太磕頭說他好些了求老祖宗放心能他再略好些還給老太太磕頭請安來呢賈母道你瞧他是怎麼樣鳳姐兒說暫且無妨精神還好呢賈母聽了沉吟了半日因向鳳姐說你換換衣裳歇歇去罷鳳姐兒答應着出來見過了王夫人到了家中平兒將烘的家常衣服給鳳姐兒換上了鳳姐兒坐下因問家中有什麼事沒有平兒方端了茶來遞過去說道沒有什麼事就是那三百兩銀子的

利銀旺兒嫂子送進來我收了還有瑞大爺使人來打聽奶奶在家沒有他要來請安說話鳳姐兒聽了哼了一聲說道這畜生合該作死看他來了怎麼樣平兒回道這瑞大爺是為什麼只管來鳳姐兒遂將九月裡在寧府園子裡遇見他的光景他說的話都告訴了平兒平兒說道癩蛤蟆想吃天鵝肉沒人倫的混賬東西起這樣念頭叫他不得好死鳳姐兒道等他來了我自有道理不知賈瑞來時作何光景且聽下回分解

紅樓夢第十一回終

紅樓夢第十二回

王熙鳳毒設相思局　賈天祥正照風月鑑

話說鳳姐正與平兒說話只見有人回說瑞大爺來了鳳姐命請進來罷賈瑞見請心中暗喜見了鳳姐滿面陪笑連連問好鳳姐兒也假意勤殷讓坐讓茶賈瑞見鳳姐如此打扮越發酥倒因餳了眼問道二哥哥怎麽還不回來鳳姐道不知什麽緣故賈瑞笑道別是路上有人絆住了脚捨不得回來了罷鳳姐道可知男人家見一個愛一個也是有的賈瑞笑道嫂子這話錯了我就不是這樣人鳳姐笑道像你這樣的人能有幾個呢十個裡也挑不出一個來賈瑞聽了喜的抓耳撓腮又道嫂子

天天也悶的狠鳳姐道正是呢只盼個人來說話解解悶兒賈瑞笑道我倒天天閒着若天天過來替嫂子解解悶兒可好麽鳳姐笑道你哄我呢你那裡肯往我這裡來賈瑞道我在嫂子面前若有一句謊話天打雷劈只因素日聞得人說嫂子是個利害人在你跟前一點也錯不得所以唬住我了我如今見嫂子是個有說有笑極疼人的我怎麽不來死了也情愿鳳姐笑道果然你是個明白人比蓉兒兄弟兩個强遠了我看他那樣清秀只當他們心裡明白誰知竟是兩個糊塗虫一點不知人心賈瑞聽這話越發撞在心坎上由不得又往前湊一湊覷着眼看鳳姐的荷包又問戴着什麽戒指鳳姐悄悄的道放尊重

些別叫丫頭們看見了賈瑞聽如綸音佛話一般忙往後退鳳姐笑道你該去了賈瑞道我再坐一坐兒好狠心的嫂子鳳姐兒又悄悄的道大天白日人來人往你就在這裡也不方便你且去等到晚上起了更你來悄悄的在西邊穿堂兒等我賈瑞聽了如得珍寶忙問道你別哄我但是那裡人過的多怎麼好躲呢鳳姐道你只放心我把上夜的小厮們都放了假兩邊門一關再沒別人了賈瑞聽了喜之不盡忙忙的告辭而去心內以為得手盼到晚上果然黑地裡摸入榮府趁掩門時鑽入穿堂果見漆黑無一人來往賈母那邊去的門已倒鎖了只有向東的門未關賈瑞側耳聽着半日不見人來忽聽咯噔一聲東邊的門也關上了賈瑞急的也不敢則聲只得悄悄出來將門撼了撼關得鐵桶一般此時要出去亦不能了南北俱是大墻要跳也無攀援這屋內又是過堂風空落落的現是臘月天氣夜又長朔風凛凛侵肌裂骨一夜幾乎不曾凍死好容易盼到早晨只見一個老婆子先將東門開了進來去叫西門賈瑞瞅他背着臉一溜煙抱了肩跑出來幸而天氣尚早人都未起從後門一徑跑回家去原來賈瑞父母早亡只有他祖父代儒教養那代儒素日教訓最嚴不許賈瑞多走一步生怕他在外吃酒賭錢有悞學業今忽見他一夜不歸只料定他在外非飲即賭嫖娼宿妓那裡想到這段公案因此也氣了一夜賈瑞也捻

着一把汗少不得叫來撒謊只說往舅舅家去了天黑了留我住了一夜代儒道自來出門非禀我不敢擅出如何昨日私自去了據此也該打何况是撒謊因此發狠按倒打了三四十板還不許他吃飯叫他跪在院內讀文章定要補出十天工課來方罷賈瑞先凍了一夜又挨了打又餓着肚子跪在風地裡念文章其苦萬狀此時賈瑞邪心未改再不想到鳳姐捉弄他過了兩日得了空兒仍找尋鳳姐鳳姐故意抱怨他失信賈瑞急的起誓鳳姐因他自投羅網少不的再尋別計令他知改故又約他道今日晚上你別在那裡了你在我這房後小過道兒裡頭那間空屋子裡等我可別冒撞了賈瑞道果真麼鳳姐道你

不信就別來賈瑞道必來必來死也要來的鳳姐道這會子你先去罷賈瑞料定晚間必妥此時先去了鳳姐在這裡便點兵派將設下圈套那賈瑞只盼不到晚偏偏家裡親戚又來了吃了晚飯纔去那天已有掌燈時候又等他祖父安歇方溜進榮府往那夾道中屋子裡來等着熱鍋上螞蟻一般只是左等不見人影右聽也沒聲響心中害怕不住猜疑道別是不來了又凍我一夜不成正自胡猜只見黑魆魆的進來一個人賈瑞便打定是鳳姐不管青紅皂白那人剛到面前便如餓虎撲食猫兒捕鼠的一般抱住叫道親嫂子等死我了說着抱到屋裡炕上就親嘴扯褲子滿口裡親爹親娘的亂叫起來那人只不做

聲賈瑞便扯下自已的袴子来硬邦邦就想頂入忽然燈光一閃只見賈薔舉着個蠟台照道誰在這屋裡呢只見炕上那人笑道瑞大叔要肏我呢賈瑞不看則已看了時真臊的無地可入你道是誰却是賈蓉賈瑞回身要跑被賈薔一把揪住道别走如今璉二嬸子已經告到太太跟前說你調戲他他暫時穩住你在這裡太太聽見氣死過去了這會子叫我來拿你快跟我走罷賈瑞聽了魂不附體只說好姪兒你只說沒有我我明日重重的謝你賈薔道放你不値什麽只不知你謝我多少況且口說無憑寫一張文契纔算賈瑞道這怎麽落紙呢賈薔道這也不妨寫個賭錢輸了借銀若干兩就完了賈瑞道這也容易賈薔翻身出來紙筆現成拿來叫賈瑞寫他兩個做好做歹只寫了五十兩銀子畫了押賈薔收起来然後撕擄賈蓉賈蓉先咬定牙不依只說明日告訴族中的人評評理賈瑞急的至於磕頭賈薔做好做歹的也寫了一張五十兩欠契纔罷賈薔又道如今要放你我就擔著不是老太太那邊的門早已關了老爺正在廳上看南京來的東西那一條路定難過去如今只好走後門要這一走倘或遇見了人連我也不好等我先去探探再來領你這屋裡你還藏不住少時就來堆東西等我尋個地方說畢拉着賈瑞仍息了燈出至院外摸着大台階底下說道這窩兒裡好只蹲着别哼一聲等我來再走說畢二人去了

賈瑞此時身不由已只得蹲在那臺堦下正要盤筭只聽頭頂上一聲响嘩喇喇一淨桶尿糞從上面直潑下來可巧澆了他一身一頭賈瑞掌不住噯喲一聲忙又掩住口不敢聲張滿頭滿臉皆是尿屎渾身氷冷打戰只見賈薔跑來叫快走快走賈瑞方得了命三步兩步從後門跑到家中天已三更只得叫開了門家人見他這般光景問是怎麽了少不得撒謊說天黑了失脚掉在茅厮裡了一面即到自已房中更衣洗濯心下方想到鳳姐頑他因此發一回狠再想想鳳姐的模樣兒標緻又恨不得一時摟在懷裡胡思亂想一夜也不曾合眼自此雖想鳳姐只不敢往榮府去了賈蓉等兩個常常來要銀子他又怕祖

父知道正是相思尚且難禁況又添了債務日間工課又緊他二十來歲的人尚未娶親想着鳳姐不得到手自不免有些指頭兒告了消乏更兼兩回凍惱奔波因此三五下裡夾攻不覺就得了一病心內發膨脹口內無滋味脚下如綿眼中似醋黑夜作燒白日常倦下溺遺精嗽痰帶血諸如此症不上一年都添全了于是不能支持一頭躺倒合上眼還只夢魂顛倒滿口胡話驚怖異常百般請醫療治諸如肉桂附子鼈甲麥冬玉竹等藥吃了有幾十斤下去也不見個動靜條又臘盡春回這病更加沉重代儒也着了忙各處請醫療治皆不見效因後來吃獨參湯代儒如何有這力量只得往榮府裡來尋王夫人命鳳

姐秤二兩給他鳳姐也說前兒新近替老太太配了藥那整的
太太又說留着送楊提督的太太配藥偏偏昨兒我巳經叫人
送了去了王夫人道就是咱們這邊沒了你叫個人往你婆婆
那裡問問或是你珍大哥哥那裡有尋些來湊着給人家吃好
了救人一命也是你們的好處鳳姐應了也不遣人去尋只將
些渣末湊了幾錢命人送去只說太太叫送來的再也沒了然
後向王夫人說都尋了來了共湊了二兩多送去了那賈瑞此
時要命心急無藥不吃只是白花錢不見效忽然這日有個跛
足道人來化齋口稱專治冤孽之症賈瑞偏偏在內聽見了直
着聲叫喊說快去請進那位菩薩來救命一面在枕頭上磕頭

衆人只得帶進那道士來賈瑞一把拉住連叫菩薩救我那道
士嘆道你這病非藥可醫我有個寶貝與你你天天看時此命
可保矣說畢從搭褳中取出個正面反面皆可照人的鏡子來
背上鏨着風月寶鑑四字遞與賈瑞道這物出自太虛幻境空
靈殿上警幻仙子所製專治邪思妄動之症有濟世保生之功
所以帶他到世上來单與那些聰明俊秀風雅王孫等照看千
萬不可照正面只照背面要緊要緊三日後我來收取管叫你
病好說畢徉長而去衆人苦留不住賈瑞接了鏡子想道這道
士倒有意思我何不照一照試試想畢拿起那寶鑑來向反面
一照只見一個骷髏兒立在裡面賈瑞忙掩了罵那道士混賬

如何嚇我我倒再照照正面是什麽想著便將正面一照只見鳳姐站在裡面點手兒叫他賈瑞心中一喜蕩悠悠覺得進了鏡子與鳳姐雲雨一番鳳姐仍送他出來到了床上噯喲了一聲一睜眼鏡子從新又掉過來仍是反面立着一個骷髏賈瑞自覺汗津津的底下已遺了一灘精心中到底不足又翻過正面來只見鳳姐還招手叫他他又進去如此三四次到了這次剛要出鏡子來只見兩個人走來拿鐵鎖把他套住拉了就走賈瑞叫道讓我拿了鏡子再走只說這句就再不能說話了旁邊伏侍的人只見他先還拿著鏡子照落下來仍睜開眼拾在手內末後鏡子掉下來便不動了衆人上來看時已經嚥了氣

了身子底下冰涼精濕遺下了一大灘精這纔忙着穿衣抬床代儒夫婦哭的死去活來大罵道士是何妖道遂命人架起火來燒那鏡子只聽空中叫道誰叫他自已照了正面呢你們自已以假爲真何燒我此鏡忽見那鏡從房中飛出代儒出門看時却還是那個跛足道人喊道還我的風月寶鑑來說着搶了鏡子眼看着他飄然去了當下代儒沒法只得料理喪事各處去報三日起經七日發引寄靈鐵檻寺後一時賈家衆人齊來弔問榮府賈赦贈銀二十兩賈政也是二十兩寧府賈珍亦有二十兩其餘族中人貧富不一或一二兩三四兩不等外又有各同窗家中分資也凑了二三十兩代儒家道雖然淡薄得

此幫助倒也豐豐富富完了此事誰知這年冬底林如海因為身染重疾寫書來特接黛玉回去賈母聽了未免又加憂悶只得忙忙的打點黛玉起身寶玉大不自在爭奈父女之情也不好攔阻于是賈母定要賈璉送他去仍叫帶回來一應土儀盤費不消絮說自然要妥貼的作速擇了日期賈璉同著黛玉辭別了衆人帶領僕從登舟往揚州去了要知端的且聽下回分解

紅樓夢第十二回終

紅樓夢第十三回

秦可卿死封龍禁尉　王熙鳳協理寧國府

話說鳳姐兒自賈璉送黛玉往揚州去後心中實在無趣每到晚間不過同平兒說笑一回就胡亂睡了這日夜間和平兒燈下擁爐早命濃薰繡被二人睡下屈指計算行程該到何處不知不覺已交三鼓平兒已睡熟了鳳姐方覺睡眼微矇恍惚只見秦氏從外走進來含笑說道嬸娘好睡我今日回去你也不送一我程因娘兒們素日相好我捨不得嬸娘故來別你一別還有一件心願未了非告訴嬸娘別人未必中用鳳姐聽了恍惚問道有何心願只管托我就是了秦氏道嬸娘你是個脂粉

隊裡的英雄連那些束帶頂冠的男子也不能過你你如何連兩句俗語也不曉得常言月滿則虧水滿則溢又道是登高必跌重如今我們家赫赫揚揚已將百載一日倘或樂極生悲若應了那句樹倒猢猻散的俗語豈不虛稱了一世詩書舊族了鳳姐聽了此話心胸不快十分敬畏忙問道這話慮的極是但有何法可以永保無虞秦氏冷笑道嬸娘好癡也否極泰來榮辱自古週而復始豈人力所能常保的但如今能于榮時籌畫下將來衰時的世業亦可以常遠保全了即如今日諸事俱妥只有兩件未妥若把此事如此一行則後日可保無患了鳳姐便問道什麼事秦氏道目今祖塋雖四時祭祀只是無一定的

錢糧第二家塾雖立無一定的供給依我想來如今盛時固不缺祭祀供給但將來敗落之時此二項有何出處莫若依我定見趁今日富貴將祖塋附近多置田庄房舍地畝以備祭祀供給之費皆出自此處將家塾亦設於此合同族中長幼大家定了則例日後按房掌管這一年的地畝錢糧祭祀供給之事如此週流又無爭競也沒有典賣諸弊便是有罪已物可以入官這祭祀產業連官也不入的便敗落下來子孫回家讀書務農也有個退步祭祀又可永繼若目今以爲榮華不絕不思後日終非長策眼見不日又有一件非常的喜事眞是烈火烹油鮮花著錦之盛要知道也不過是瞬息的繁華一時的歡樂萬不可忘了那盛筵不散的俗語若不早爲後慮只恐後悔無益了鳳姐忙問有何喜事秦氏道天機不可泄漏只是我與嬸娘好了一場臨別贈你兩句話須要記着因念道

三春去後諸芳盡　各自須尋各自門

鳳姐還欲問時只聽二門上傳出雲板連叩四下正是喪音將鳳姐驚醒人回東府蓉大奶奶沒了鳳姐嚇了一身冷汗出了一回神只得忙穿衣服往王夫人處來彼時合家皆知無不納悶都有些傷心那長一輩的想他素日孝順平輩的想他素日和睦親密下一輩想他素日慈愛以及家中僕從老小想他素日憐貧惜賤愛老慈幼之恩莫不悲號痛哭閒言少敘却說寶

玉因近日林黛玉回去剩得自己落單也不和人頑耍每到晚間便索然睡了如今從夢中聽見說秦氏死了連忙翻身爬起來只覺心中似戳了一刀的不覺的哇的一聲直噴出一口血來襲人等慌慌忙忙上來扶着問是怎麽樣的又要回賈母去請大夫寶玉道不用忙不相干這是急火攻心血不歸經說着便爬起來要衣服換了來見賈母即時要過去襲人見他如此心中雖放不下又不敢攔阻只得由他罷了賈母見他要去因說纔嚥氣的人那裡不乾淨二則夜裡風大等明早再去不遲寶玉那裡肯依賈母命人備車多派跟從人役擁護前來一直到了寧國府前只見府門大開兩邊燈火照如白晝亂烘烘人

來人往裡面哭聲搖振山岳寶玉下了車忙忙奔至停靈之室痛哭一番然後見過尤氏誰知尤氏正犯了胃氣疼的舊症睡在床上然後又出來見賈珍彼時賈代儒代修賈敕賈效賈敦賈赦賈政賈琮賈㻞賈珩賈珖賈琛賈瓊賈璘賈薔賈菖賈菱賈芸賈芹賈蓁賈萍賈藻賈蘅賈芬賈芳賈藍賈菌賈芝等都來了賈珍哭的淚人一般正和賈代儒等說道合家大小遠近親友誰不知我這媳婦比兒子還強十倍如今伸腿去了可見這長房內絕滅無人了說着又哭起來衆人勸道人已辭世哭也無益且商議如何料理要緊賈珍拍手道如何料理不過盡我所有罷了正說着見秦邦業秦鐘尤氏幾個眷屬尤氏姊妹

也都來了賈珍便命賈瓊賈琛賈璘賈薔四個人去陪客一面吩咐去請欽天監陰陽司來擇日擇准停靈七七四十九日三日後開喪送訃聞這四十九日單請一百零八衆僧人在大廳上拜大悲懺超度前亡後死鬼魂另設一壇于天香樓是九十九位全真道士打十九日解寃洗業醮然後停靈于會芳園中靈前另外五十衆高僧五十位高道對壇按七作好事那賈敬聞得長孫媳婦死了因自爲早晚就要飛昇如何肯又回家染了紅塵將前功盡棄呢故此並不在意只憑賈珍料理且說賈珍恣意奢華看板時幾副杉木板皆不中意可巧薛蟠來弔因見賈珍尋好板便說我們木店裡有一付板說是鐵網山上出

的作了棺材萬年不壞的這還是當年先父帶來的原係忠義親王老千歲要的因他壞了事就不曾用現在還封在店裡也沒有人買得起你若要就擡來看看賈珍聽說甚喜即命抬來大家看時只見帮底皆厚八寸紋若檳榔味若檀麝以手扣之聲如玉石大家稱奇賈珍笑問道價值幾何薛蟠笑道拿著一千兩銀子只怕沒處買什麼價不價賞他們幾兩銀子作工錢就是了賈珍聽說連忙道謝不盡即命解鋸造成賈政因勸道此物恐非常人可享殮以上等杉木也罷了賈珍如何肯聽忽又聽見秦氏之丫鬟名喚瑞珠見秦氏死了也觸柱而亡此事更爲可罕合族都稱嘆賈珍遂以孫女之禮殯殮之一并停靈

於會芳園之登仙閣又有小丫鬟名寶珠的因秦氏無出乃原爲義女請任摔喪駕靈之任賈珍甚喜即時傳命從此皆呼寶珠爲小姑娘那寶珠按未嫁女之禮在靈前哀哀欲絶於是合族人並家下諸人都各遵舊制行事自不得錯亂賈珍因想道賈蓉不過是黌門監生靈旛上寫時不好看便是執事也不多因此心下甚不自在可巧這日正是首七第四日早有大明宮掌宮內監戴權先備了祭禮遣人來次後坐了大轎打道鳴鑼親來上祭賈珍忙接待讓坐至逗蜂軒獻茶賈珍心中早打定主意因而趁便就說要與賈蓉捐個前程的話戴權會意因笑道想是爲喪禮上風光些賈珍忙道老內相所見不差戴權道

事倒凑巧正有個美缺如今三百員龍禁尉缺了兩員昨兒襄侯陽的兄弟老三來求我現拿了一千五百兩銀子送到我家裡你知道偺們都是老相好不拘怎麽樣看着他爺爺的分上胡亂應了還剩了一個缺誰知永興節度使馮胖子要求與他孩子捐我就没工夫應他既是偺們的孩子要捐快寫個履歷來賈珍忙命人寫了一張紅紙履歷來戴權看了上寫着江南應天府江寧縣監生賈蓉年二十歲曾祖原任京營節度使世襲一等神威將軍賈代化祖丙辰科進士賈敬父世襲三品爵威烈將軍賈珍戴權看了回手遞與一個貼身的小厮收了道回去送與戶部堂官老趙說我拜上他起一張五品龍禁尉的

票再給個執照就把這履歷填上明日我來兌銀子送過去小厮答應了戴權告辭賈珍欵留不住只得送出府門臨上轎賈珍問銀子還是我到部去兌還是送入內相府中戴權道若到部裡兌你又吃虧了不如平准一千兩銀子送到我家就完了賈珍感謝不盡說待服滿親帶小犬到府叩謝于是作別接着又聽喝道之聲原來是忠靖侯史鼎的夫人帶着侄女史湘雲來了王夫人邢夫人鳳姐等剛迎入正房又見錦鄉侯川寧侯壽山伯三家祭禮也擺在靈前少時三人下轎賈珍接上大廳如此親朋你來我去也不能計數只這四十九日寧國府街上一條白漫漫人來往人花簇簇官去官來賈珍令賈蓉次日換

了吉服領憑回來靈前供用執事等物俱按五品職例靈牌疏上皆寫誥授賈門秦氏宜人之靈位會芳園臨街大門洞開兩邊起了鼓樂廳兩班青衣按時奏樂一對對執事擺的刀斬斧截更有兩面硃紅銷金大牌豎在門外上面大書道防護內廷紫禁道御前侍衛龍禁尉對面高起着宣壇僧道對壇榜上大書世襲寧國公冢孫婦防護內廷御前侍衛龍禁尉賈門秦氏宜人之喪四大部州至中之地奉天承建太平之國總理虛無寂靜沙門僧錄司正堂萬總理元始正一教門道紀司正堂葉等敬謹修齋朝天叩佛以及恭請諸伽藍揭諦功曹等神聖恩普錫神威遠振四十九日銷災洗業平安水陸道場等語亦不

及繫記只是賈珍雖然心意滿足但裡面尤氏又犯了舊疾不能料理事務惟恐各誥命來往虧了禮數怕人笑話因此心中不自在當下正憂慮時因寶玉在側便問道事事都算安貼了大哥哥還愁什麼賈珍便將裡面無人的話告訴了他寶玉聽說笑道這有何難我荐一個人與你權理這一個月的事管保妥當賈珍忙問是誰寶玉見坐間還有許多親友不便明言走向賈珍耳邊說了兩句賈珍聽了喜不自勝笑道這果然妥貼如今就去說着拉了寶玉辭了衆人便往上房裡來可巧這日非正經日期親友來的少裡面不過幾位近親堂客邢夫人王夫人鳳姐並合族中的內眷陪坐聞人報大爺進來了唬的衆

婆娘唿的一聲往後藏之不迭獨鳳姐款款站了起來賈珍此時也有些病症在身二則過于悲痛因拄個拐踱了進來邢夫人等因說道你身上不好又連日多事該歇歇纔是又進來做什麼賈珍一面拄拐扎掙着要蹲身跪下請安道乏邢夫人等忙叫寶玉攙住命人挪椅子與他坐賈珍不肯坐因勉強陪笑道姪兒進來有一件事要求二位嬸娘大妹妹邢夫人等忙問什麼事賈珍忙說道嬸娘自然知道如今孫子媳婦沒了姪兒媳婦又病倒我看裡頭着實不成體統要屈尊大妹妹一個月在這裡料理料理我就放心了邢夫人笑道原來為這個你大妹妹現在你二嬸娘家只和你二嬸娘說就是了王夫人忙道

他一個小孩子何曾經過這些事倘或料理不清反叫人笑話倒是再煩別人好賈珍笑道嬸娘的意思姪兒猜着了是怕大妹妹勞苦了若說料理不開從小兒大妹妹頑笑時就有殺伐決斷如今出了閣在那府裡辦事越發歷練老成了我想了這幾日除了大妹妹再無人可求了嬸娘不看姪兒和姪兒媳婦面上只看死的分上罷說着流下淚來王夫人心中為的是鳳姐未經過喪事怕他料理不起被人見笑今見賈珍苦苦的說心中已活了幾分却又眼看著鳳姐出神那鳳姐素日最喜攬事好賣弄能幹今見賈珍如此央他心中早已允了又見王夫人有活動之意便向王夫人道大哥說得如此懇切太太就依

了罷王夫人悄悄的問道你可能麼鳳姐道有什麼不能的外面的大事已經大哥哥料理清了不過是裡面照管照管便是我有不知的問太太就是了王夫人見說得有理便不出聲賈珍見鳳姐允了又陪笑道也管不得許多了橫豎要求大妹妹辛苦辛苦我這裡先與大妹妹行禮等完了事我再到那府裡去謝說着就作揖鳳姐連忙還禮不迭賈珍便命人取了寧國府的對牌來命寶玉送與鳳姐就怎麼樣說道妹妹愛怎麼樣辦要什麼只管拿這個取去也不必問我只求別存心替我省錢要好看為上二則也同那府裡一樣待人纔好不要存心怕人抱怨只這兩件外我再沒不放心的了鳳姐不敢就接牌只

看著王夫人王夫人道你大哥既這麼說你就照看照看罷了只是別自作主意有了事打發人問你哥哥嫂子一聲兒要緊寶玉早向賈珍手裡接過對牌來强遞與鳳姐了賈珍又問妹妹還是住在這裡還是天天來呢若是天天來越發辛苦了我這裡赶着收拾出一個院落來妹妹住過這幾日倒安穩鳳姐笑說不用那邊也離不得我倒是天天來的好賈珍說也罷了然後又說了一回閒話方纔出去一時女眷散後王夫人因問鳳姐你今兒怎麼樣鳳姐道太太只管請回去我須得先理出一個頭緒來纔回得去呢王夫人聽說便先同邢夫人回去不在話下這裡鳳姐來至三間一所抱厦中坐了因想頭一件是

人口混雜遺失東西二件事無專管臨期推委三件需用過費濫支冒領四件任無大小苦樂不均五件家人豪縱有臉者不能服鈐束無臉者不能上進此五件實是寧府中風俗不知鳳姐如何處治且聽下回分解

紅樓夢第十三回終

紅樓夢第十四回

林如海靈返蘇州郡　賈寶玉路謁北靜王

話說寧國府中都總管賴陞聞知裡面委請了鳳姐因傳齊同事人等說道如今請了西府裡璉二奶奶管理內事倘或他來支取東西或是說話小心伺候纔好每日大家早來晚散寧可辛苦這一個月過後再歇息別把老臉面扔了那是個有名的烈貨臉酸心硬一時惱了不認人的衆人都道說的是又有一個笑道論理我們裡頭也得他來整治整治都忒不像了正說着只見來旺媳婦拿了對牌來領呈文經文榜紙票上開著數目衆人連忙讓坐倒茶一面命人按數取紙來旺抱著同來旺

媳婦一路來至儀門方交與來旺媳婦自己抱進去了鳳姐即命彩明釘造册簿即時傳了賴陞媳婦要家口花名册查看又限明日一早傳齊家人媳婦進府聽差大槩點了一點數目單册問了賴陞媳婦幾句話便坐車回家至次日卯正二刻便過來了那寧國府中老婆媳婦早已到齊只見鳳姐和賴陞媳婦分派衆人執事不敢擅入在牕外打聽聽見鳳姐和賴陞媳婦道既託了我我就說不得要討你們嫌了我可比不得你們奶奶好性兒諸事由得你們再別說你們這府裡原是這麼樣的話如今可要依着我行錯我一點兒管不得誰是有臉的誰是沒臉的一例清白處治說罷便吩咐彩明念花名册按名一個

一個叫進來看視一時看完又吩咐道這二十個分作兩班一班十個每日在內單管親友來往倒茶別的事不用管這二十個也分作兩班每日單管本家親戚茶飯也不管別的事這四十個人也分作兩班單在靈前上香添油挂幔守靈供飯供茶隨起舉哀也不管別的事這四個人專在內茶房收管盃碟茶器要少了一件四人分賠這四個人單管酒飯器皿少一件也是分賠這八個人单管收祭禮這八個單管各處燈油蠟燭紙劄我一總支了来交給你們八個人然後按我的數兒往各處分派這二十個每日輪流各處上夜照管門戶監察火燭打掃地方這下剩的按房分開某人守某處某處所有桌椅古玩起

至於痰盒撣子等物一草一苗或丟或壞就問這看守的賠補賴陞家的每日攬總查看或有偷懶的賭錢吃酒打架拌嘴的立刻拿了来回我你要徇情叫我查出來三四輩子的老臉就顧不成了如今都有了定規以後那一行亂了只和那一行算賬素日跟我的人隨身俱有鐘表不論大小事都有一定的時刻横竪你們上房裡也有時辰鐘卯正二刻我來點卯巳正吃早飯凡有領牌回事只在午初二刻戌初燒過黃昏紙我親到各處查一遍回來上夜交明鑰匙第二日還是卯正二刻過来說不得咱們大家辛苦幾日罷事完了你們大爺自然賞你們說罷又吩咐按數發茶葉油燭雞毛撣子笤箒等物一面又搬

取傢伙桌圍椅搭坐褥毡席痰盒脚踏之類一面交發一面提筆登記某人管某處某人領物件開的十分清楚衆人領了去也都有了投奔不似先時只揀便宜的做剩下苦差没個招攬各房中也不能趁亂迷失東西便是人来客去也都安靜了不比先前紊亂無頭緒一切偷安竊取等弊一概都蠲了鳳姐自巳威重令行心中十分得意因見尤氏犯病賈珍也過於悲哀不大進飲食自巳每日從那府中熬了各樣細粥精美小菜令人送過来賈珍也另外分付每日送上等菜到抱厦内單預偹鳳姐鳳姐不畏勤勞天天按時刻過来點卯理事獨在抱厦内起坐不與衆妯娌合羣便有女眷來往也不迎送這日乃五七

正五日上那應付僧正開方破獄傳燈照亡參閻君拘都鬼延請地藏王開金橋引幢幡那道士們正伏章申表朝三清叩玉帝禪僧們行香放焰口拜水懺又有十三衆青年尼僧搭繡衣靸紅鞋在靈前默誦接引諸咒十分熱鬧那鳳姐知道今日的客不少寅正便起來梳洗及收拾完備更衣盥手喝了幾口奶子漱口巳畢正是卯正二刻了来旺媳婦率領衆人伺候巳久鳳姐出至廳前上了車前面一對明角燈上寫榮國府三個大字来至寧府大門首門燈朗掛兩邊一色綽燈照如白晝白汪汪穿孝家人兩行侍立請車至正門上小厮退去衆媳婦上来揭起車簾鳳姐下了車一手扶着豐兒兩個媳婦執着手把燈

照着撮擁鳳姐進來寧府諸媳婦迎著請安鳳姐款步入會芳園中登仙閣靈前一見棺材那眼淚恰似斷綫之珠滾將下來院中多少小厮垂手侍立伺候燒紙鳳姐分付一聲供茶燒紙只聽一棒鑼鳴諸樂齊奏早有人請過一張大圈椅來放在靈前鳳姐坐下放聲大哭于是裡外上下男女都接聲嚎哭賈珍尤氏忙令人勸止鳳姐纔止住了哭來旺媳婦倒茶漱口畢方起身別了族中諸人自入抱厦來按名査點各項人數俱已到齊只有迎送親友上的一人未到卽令傳來那人惶恐鳳姐冷笑道原來是你悞了你比他們有體面所以不聽我的話那人回道奴才天天都來的早只有今兒來遲了一步求奶奶饒過初次正說著只見榮國府中的王興媳婦來了往裡探頭兒鳳姐且不發放這人却問王興媳婦來作什麼王興家的近前說領牌取綫打車轎網絡說着將帖兒遞上鳳姐令彩明念道大轎兩頂小轎四頂車四輛共用大小絡子若干根每根用珠兒綫若干觔鳳姐聽了數目相合便命彩明登記取榮國對牌發下王興家的去了鳳姐方欲說話只見榮國府的四個執事人進來都是支取東西領牌的鳳姐命他們要了帖念過聽了一共四件因指兩件道這個開銷錯了再筭清了來領說着將帖子摔下來那二人掃興而去鳳姐因見張材家的在傍便問你有什麼事張材家的忙取帖子回道就是方纔車轎圍子做成

領取裁縫工銀若干兩鳳姐聽了收了帖子命彩明登記待王興交過得了買辦的回押相符然後與張材家的去領一面又命念那一件是爲寶玉外書房完竣支領買紙料糊裱鳳姐聽了即命收帖兒登記待張材家的繳清再發鳳姐便說道明兒他也來遲了後兒我也來遲了將來都沒有人了本來要饒你只是我頭一次寬了下次就難管別人了不如開發了好登時放下臉來叫帶出去打他二十板子衆人見鳳姐動怒不敢怠慢拉出去照數打了進來回覆鳳姐又擲下寧府對牌說與賴陞革他一個月的錢粮吩咐散了罷衆人方各自辦事去了那被打的也含羞飲泣而去彼時榮寧兩處領牌交牌人往來不

絕鳳姐又一一開發了于是寧府中人纔知鳳姐利害自此俱各兢兢業業不敢偷安不在話下如今且說寶玉因見人衆恐秦鐘受委曲遂同他往鳳姐處坐坐鳳姐正吃飯見他們來了笑道好長腿子快上來罷寶玉道我們偏了鳳姐道在這邊外頭吃的還是那邊吃的寶玉道同那些渾人吃什麽還是那邊跟着老太太吃了來的說着一面歸坐鳳姐飯畢就有寧府一個媳婦來領牌爲支取香燈鳳姐笑道我算着你今兒該來支取想是忘了要終久忘了自然是你包出來都便宜了我那媳婦笑道何嘗不是忘了方纔想起來再遲一步也領不成了說畢領牌而去一時登記交牌秦鐘因笑道你們兩府裡都是這

牌倘別人私造一個支了銀子去怎麽好鳳姐笑道依你說都沒王法了寶玉因道怎麽偺們家沒人來領牌子支東西鳳姐道他們來領的時候你還做夢呢我且問你你們多早晚纔念夜書呢寶玉道巴不得今日就念纔好只是他們不快給收拾書房也是沒法兒鳳姐笑道你請我請兒包管就快了寶玉道你也不中用他們該做到那裡的時候自然有了鳳姐道就是他們做也得要東西擱不住我不給對牌是難的寶玉聽說便猴向鳳姐身上立刻要牌說好姐姐給他們牌好支東西去收拾鳳姐道我乏的身上生疼還擱的住你這麽揉搓你放心罷今兒纔領了裱糊紙去了他們該要的還等叫去呢可不傻了

寶玉不信鳳姐便叫彩明查冊子給他看正鬧着人來回蘇州去的昭兒來了鳳姐急命叫進來昭兒打千兒請安鳳姐便問回來做什麽昭兒道二爺打發回來的林姑老爺是九月初三巳時沒的二爺帶了林姑娘同送林姑老爺的靈到蘇州大約趕年底回來二爺打發奴才來報個信兒請安討老太太的示下還瞧瞧奶奶家裡好叫把大毛衣裳帶幾件去鳳姐道你見過別人了沒有昭兒道都見過了說畢連忙退出鳳姐向寶玉笑道你林妹妹可在偺們家住長了寶玉道了不得想來這幾日他不知哭的怎麽樣呢說着蹙眉長嘆鳳姐見昭兒回來因當着人不及細問賈璉心中七上八下待要回去奈事未畢少

不得耐到晚上回來又叫進昭兒来細問一路平安連夜打點大毛衣服和平兒親自檢點收拾再細細追想所需何物一並包裹交給昭兒又細細的吩咐昭兒在外好生小心些伏侍别惹你二爺生氣時常勸他少喝酒别勾引他認得混帳女人我知道了回來打折了你的腿昭兒笑着答應出去那時天已四更睡下不覺早又天明忙梳洗過寧府來那賈珍因見發引日近親自坐車帶了陰陽生往鐵檻寺來踏看寄靈之所又一一囑咐住持色空好生預備新鮮陳設多請名僧以備接靈使用色空忙備晚齋賈珍也無心茶飯因天晚不及進城就在淨室胡亂歇了一夜次日一早赶忙的進城來料理出殯之事一

面又派人先往鐵檻寺連夜另外修飾停靈之處並厨茶等項。接靈人口鳳姐見發引日期在邇。也預先逐細分派料理一面又派榮府中車轎人從跟王夫人送殯又顧自己送殯去占下處目今正值繕國公誥命亡故邢王二夫人又去弔祭送殯西安郡妃華誕送壽禮又有胞兄王仁連家眷回南一面寫家信並帶往之物又兼迎春染疾每日請醫服藥看醫生的啟帖講論症源斟酌藥案各事冗雜亦難盡述因此忙的鳳姐茶飯無心坐卧不寧到了寧府裡這邊榮府的人跟着回到榮府裡那邊寧府的人又跟着鳳姐雖然如此之忙只因素性好勝惟恐落人褒貶故費盡精神籌畫的十分整齊於是合族中上下無

不稱歎這日伴宿之夕親朋滿座尤氏猶卧於內室一切張羅
欵待都是鳳姐一人周全承應合族中雖有許多妯娌也有言
語鈍拙的也有舉止輕浮的也有羞口羞脚不慣見人的也有
懼貴怯官的越顯得鳳姐洒爽風流典則俊雅真是萬緑叢中
一點紅了那裡還把衆人放在眼裡揮霍指示任其所爲那一
夜中燈明火彩客送官迎百般熱鬧自不用說至天明吉時一
般六十四名青衣請靈前面銘旌上大書誥封一等寧國公冢
孫婦防護內廷紫禁道御前侍衛龍禁尉享強壽賈門秦氏宜
人之靈柩一應執事陳設皆係現赶新做出來的一色光彩奪
目寶珠自行未嫁女之禮摔喪駕靈十分哀苦那時官客送殯

的有鎭國公牛清之孫現襲一等伯牛繼宗理國公柳彪之孫
現襲一等子柳芳齊國公陳翼之孫世襲三品威鎭將軍陳瑞
文治國公馬魁之孫世襲三品威遠將軍馬尚德修國公侯曉
明之孫世襲一等子侯孝康繕國公誥命亡故其孫石光珠守
孝不得來這六家與榮寧二家當日所稱八公的便是餘者更
有南安郡王之孫西寧郡王之孫忠靖侯史鼎平原侯之孫世
襲二等男蔣子寧定城侯之孫世襲二等男兼京營游擊謝鯤
襄陽侯之孫世襲二等男戚建輝景田侯之孫五城兵馬司裘
良餘者錦鄉伯公子韓奇神武將軍公子馮紫英陳也俊衛若
蘭等諸王孫公子不可枚數堂客也共有十來頂大轎三四十

頂小轎連家下大小轎子車輛不下百十餘乘連前面各色執
事陳設接連一帶擺了有三四里遠走不多時路上彩棚高搭
設席張筵和音奏樂俱是各家路祭第一棚是東平郡王府的
祭第二棚是南安郡王的祭第三棚是西寧郡王的祭第四棚
便是北靜郡王的祭原來這四王當日惟北靜王功最高及今
子孫猶襲王爵現今北靜王世榮年未弱冠生得美秀異常性
情謙和近聞寧國府冢孫婦告殂因想當日彼此祖父有相與
之情同難同榮因此不以王位自居前日也曾探喪弔祭如今
又設了路奠命麾下的各官在此伺候自己五更入朝公事一
畢便換了素服坐着大轎鳴鑼張傘而來到了棚前落轎手下

各官兩旁擁侍軍民人衆不得往還一時只見寧府大殯浩浩
蕩蕩壓地銀山一般從北而至早有寧府開路傳事人報與賈
珍賈珍急命前面執事扎住同賈赦賈政三人連忙迎上來以
國禮相見北靜王轎內欠身含笑答禮仍以世交稱呼接待并
不自大賈珍道犬婦之喪累蒙郡駕下臨蔭生輩何以克當北
靜王笑道世交至誼何出此言遂回頭令長府官主祭代奠賈
赦等一旁還禮復親身來謝北靜王十分謙遜因問賈政道那
一位是啣玉而誕者久欲一見爲快今日一定在此何不請來
賈政忙退下來命寶玉更衣領他前來謁見那寶玉素聞北靜
王的賢德且才貌俱全風流跌宕不爲官俗國體所縛每思相

會只是父親拘束不克如願今見反來叫他自是喜歡一面走

一面瞥見那北靜王坐在轎內好個儀表不知近前又是怎樣

且聽下回分解

紅樓夢第十四回終

紅樓夢第十五回

王鳳姐弄權鐵檻寺　秦鯨卿得趣饅頭庵

話說寶玉舉目見北靜王世榮頭上戴着淨白簪纓銀翅王帽穿着江牙海水五爪龍白蟒袍繫着碧玉紅鞓帶面如美玉目似明星眞好秀麗人物寶玉忙搶上來參見世榮從轎內伸手攙住見寶玉戴著束髮銀冠勒着雙龍出海抹額穿着白蟒箭袖圍著攢珠銀帶面若春花目如點漆北靜王笑道名不虛傳果然如寶似玉問啣的那寶貝在那裡寶玉見問連忙從衣內取出遞與北靜王細細看了又念了那上頭的字因問果靈驗否賈政忙道雖如此說只是未曾試過北靜王一面極口稱奇

一面理順絲絛親自與寶玉帶上又攜手問寶玉幾歲現讀何書寶玉一一答應北靜王見他語言清朗談吐有致一面又向賈政笑道令郎眞乃龍駒鳳雛非小王在世翁前唐突將來雛鳳淸于老鳳聲未可諒也賈政陪笑道犬子豈敢謬承金獎賴藩郡餘恩果如所言亦廕生輩之幸矣北靜王又道只是一件令郎如此資質想老太夫人自然鍾愛但吾輩後生甚不宜溺愛溺愛則未免荒失了學業昔小王曾蹈此轍想令郎亦未必不如是也若令郎在家難以用功不妨常到寒邸小王雖不才却多蒙海內衆名士凡至都者未有不垂青目的是以寒邸高人頗聚令郎常去談談會會則學問可以日進矣賈政忙躬身

答道是北靜王又將腕上一串念珠卸下來遞與寶玉道今日
初會倉卒無敬賀之物此係聖上所賜蕶苓香念珠一串權爲
賀敬之禮寶玉連忙接了回身奉與賈政賈政帶着寶玉謝過
了於是賈赦賈珍等一齊上來叩請回輿北靜王道逝者已登
仙界非你我碌碌塵寰中人小王雖上叨天恩虛邀郡襲豈可
越仙輀而進呢賈赦等見執意不從只得謝恩回來命手下人
掩樂停音將殯過完方讓北靜王過去不在話下且說寧府送
殯一路熱鬧非常剛至城門又有賈赦賈政賈珍諸同寅屬下
各家祭棚接祭一一的謝過然後出城竟奔鐵檻寺大路而來
彼時賈珍帶着賈蓉來到諸長輩前讓坐轎上馬因而賈赦一

輩的各自上了車轎賈珍一輩的也將要上馬鳳姐因惦記着
寶玉怕他在郊外縱性不服家人的話賈政管不着惟恐有閃
失因此命小廝來喚他寶玉只得到他車前鳳姐笑道好兄弟
你是個尊貴人和女孩兒是的人品別學他們猴在馬上下來
偺們姐兒兩個同坐車好不好寶玉聽說便下了馬爬上鳳姐
車內二人說笑前進不一時只見那邊兩騎馬直奔鳳姐車來
下馬扶車回道這裡有下處奶奶請歇歇更衣鳳姐命請邢王
二夫人示下那二人回說太太們說不歇了叫奶奶自便鳳姐
便命歇歇再走小廝帶着轎馬岔出人羣往北而來寶玉忙命
人去請秦鐘那時秦鐘正騎着馬隨他父親的轎忽見寶玉的

小厮跑來請他去打尖秦鐘遠看着寶玉所騎的馬搭着鞍籠隨着鳳姐的車往北而去便知寶玉同鳳姐一車自己也帶馬趕上來同入一庄門內那庄農人家無多房舍婦女無處廻避那些村姑野婦見了鳳姐寶玉秦鐘的人品衣服幾疑天人下降鳳姐進入茅屋先命寶玉等出去頑頑寶玉會意因同秦鐘帶了小厮們各處遊玩凡庄家動用之物俱不曾見過的寶玉見了都以爲奇不知何名何用小厮中有知道的一一告訴了名色並其用處寶玉聽了因點頭道怪道古人詩上說誰知盤中餐粒粒皆辛苦正爲此也一面說一面又到一間房內見炕上有個紡車見越發以爲稀奇小厮們又說是紡線織布的寶玉便上炕搖轉只見一個村妝丫頭約有十七八歲走來說道別弄壞了衆小厮忙上來吆喝寶玉也住了手說道我因沒有見過所以試一試頑見那丫頭道你不會轉等我轉給你瞧秦鐘暗拉寶玉道此卿大有意趣寶玉推他道再胡說我就打了說着只見那丫頭紡起線來果然好看忽聽那邊老婆子叫道二丫頭快過來那丫頭丟了紡車一徑去了寶玉悵然無趣只見鳳姐打發人來叫他兩個進去鳳姐洗了手換了衣服問他換不換寶玉道不換也就罷了僕婦們端上茶食菓品來又倒上香茶來鳳姐等吃了茶待他們收拾完備便起身上車外面旺兒預備賞封賞了那庄戶人家那婦人等忙來謝賞寶玉留

心看時並不見紡線之女走不多遠却見這二丫頭懷裡抱著個小孩子同著兩個小女孩子在村頭站着瞅他寶玉情不自禁然身在車上只得眼角留情而已一時電捲風馳回頭已無踪跡了說笑間已赶上大殯早又前面法鼓金鐃幢幡寶蓋鐵檻寺中僧衆擺列路旁少時到了寺中另演佛事重設香壇安靈于內殿偏室之中寶珠安理寢室為伴外面賈珍款待一應親友也有坐住的也有告辭的一一謝了乏從公侯伯子男一起一起的散至未末方散盡了裡面的堂客皆是鳳姐接待先從誥命散起也到未正上下方散完了只有幾個近親本族等做過三日道場方去的那時邢王二夫人知鳳姐必不能回家

便要帶了寶玉同進城去那寶玉乍到郊外那裡肯回去只要跟着鳳姐住着王夫人只得交與鳳姐而去原來這鐵檻寺是寧榮二公當日修造的現今還有香火地畝以備京中老了人口在此停靈其中陰陽兩宅俱是預備妥貼的好為送靈人口寄居不想如今後人繁盛其中貧富不一或性情參商有那家道艱難的便住在這裡了有那有錢有勢尚排場的只說這裡不方使一定另外或村庄或尼菴尋個下處為事畢宴退之所即今秦氏之喪族中諸人也有在鉄檻寺的也有別尋下處的鳳姐也嫌不方便因遣人來和饅頭菴的姑子靜虛說了騰出幾間房來預備原來這饅頭菴和水月寺一勢因他廟裡做的

饅頭好就起了這個渾號離鐵檻寺不遠當下和尚工課已完奠過晚茶賈珍便命賈蓉請鳳姐歇息鳳姐見還有幾個妯娌們陪着女親自已便辭了衆人帶着寶玉秦鐘往饅頭菴來只因秦邦業年邁多病不能在此只命秦鐘等待安靈罷所以秦鐘只跟着鳳姐寶玉一時到了菴中靜虛帶領智善智能兩個徒弟出来迎接大家見過鳳姐等至淨室更衣淨手畢因見智能兒越發長高了模樣兒越發出息的水靈了因說道你們師徒怎麼這些日子也不往我們那裡去靜虛道可是這幾日因胡老爺府裡産了公子太太送了十兩銀子來這裡叫請幾位師父念三日血盆經忙的就沒得來請奶奶的安不言老尼陪着鳳姐且說那秦鐘寶玉二人正在殿上頑耍因見智能兒過来寶玉笑道能兒來了秦鐘說理他作什麼寶玉笑道你別弄鬼兒那一日在老太太屋裡一個人沒有你摟着他作什麼呢這會子還哄我秦鐘笑道這可是沒有的話寶玉道有沒有也不管你你只叫他倒碗茶來我喝就撂過手秦鐘笑道這又奇了你叫他倒去還怕他不倒何用我說呢寶玉道我叫他倒的是無情意的不及你叫他倒的是有情意的秦鐘沒法只得說道能兒倒碗茶來那能兒自幼在榮府走動無人不識常和寶玉秦鐘頑笑如今長大了漸知風月便看上了秦鐘人物風流那秦鐘也愛他妍媚二人雖未上手却已情投意合了智能走

去倒了茶來秦鐘笑說給我寶玉又叫給我智能兒抿着嘴兒笑道一碗茶也爭難道我手上有蜜寶玉先搶着了喝著方要問話只見智善來叫智能去擺菓碟子一時來請他兩個去吃菓茶他兩個那裡吃這些東西略坐坐仍出來頑耍鳳姐也便回至淨室歇息老尼相伴此時衆婆子媳婦見無事都陸續散了自去歇息跟前不過幾個心腹小丫頭老尼便趁機說道我有一事要到府裡求太太先請奶奶的示下鳳姐問道什麼事老尼道阿彌陀佛只因當日我先在長安縣善才菴裡出家的時候兒有個施主姓張是大財主他的女孩兒小名金哥那年都往我廟裡來進香不想遇見長安府太爺的小舅子李少爺

那李少爺一眼看見金哥就愛上了立刻打發人來求親不想金哥已受了原任長安守備公子的聘定張家欲待退親又怕守備不依因此說已有了人家了誰知李少爺一定要娶張家正在沒法兩處爲難不料守備家聽見此信也不問青紅皂白就來吵鬧說一個女孩兒你許幾家子人家兒偏不許退定禮就打起官司來女家急了只得着人上京找門路賭氣偏要退定禮我想如今長安節度雲老爺和府上相好怎麼求太太和老爺說說寫一封書子求雲老爺和那守備說一聲不怕他不依要是肯行張家那怕傾家孝順也是情願的鳳姐聽了笑道這事倒不大只是太太再不管這些事老尼道太太不管奶奶

可以主張了鳳姐笑道我也不等銀子使也不做這樣的事靜虛聽了打去妄想半晌嘆道雖這麼說只是張家已經知道求了府裡如今不管張家不說沒工夫不希圖他的謝禮倒像府裡連這點子手段也沒有是的鳳姐聽了這話便發了興頭說道你是素日知道我的從來不信什麼陰司地獄報應的憑是什麼事我說要行就行你叫他拿三千兩銀子來我就替他出這口氣老尼聽說喜之不勝忙說有有這個不難鳳姐又道我比不得他們扯篷拉縴的圖銀子這三千兩銀子不過是給打發說去的小廝們作盤纏使他賺幾個辛苦錢兒我一個錢也不要就是三萬兩我此刻還拿的出來老尼忙答應道既如此

奶奶明日就開恩罷了鳳姐道你瞧瞧我忙的那一處少的了我我既應了你自然給你了結啊老尼道這點子事要在別人自然忙的不知怎麼樣要是奶奶跟前再添上些也不勾奶奶一辦的俗語說的能者多勞太太見奶奶這樣才情越發都推給奶奶了只是奶奶也要保重貴體些纔是一路奉承鳳姐越發受用了也不顧勞乏更攀談起來誰想秦鐘趂黑晚無人來尋智能兒剛到後頭房裡只見智能兒獨在那裡洗茶碗秦鐘便摟著親嘴智能兒急的跺腳說這是做什麼就要叫喚秦鐘道好妹妹我要急死了你今兒再不依我我就死在這裡智能兒道你要怎麼樣除非我出了這牢坑離了這些人纔好呢秦

鐘道這也容易只是遠水解不得近渴說着一口吹了燈滿屋裡漆黑將智能兒抱到炕上那智能兒百般的扎掙不起來又不好嚷不知怎麽樣就把中衣兒解下來了這裡剛纔入港說時遲那時快猛然間一個人從身後冒冒失失的按住也不出聲二人唬的魂飛魄散只聽嗤的一笑這纔知是寶玉秦鐘連忙起來抱怨道這算什麽寶玉道你倒不依咱們就嚷出來羞的智能兒趁暗中跑了寶玉拉着秦鐘出來道你可還強嘴不強秦鐘笑道好哥哥你只別嚷你要怎麽着都使的寶玉笑道這會子也不用說等一會兒睡下咱們再慢慢兒的算賬一時寬衣安歇的時節鳳姐在裡間寶玉秦鐘在外間滿地下皆是

婆子們打鋪坐更鳳姐因怕通靈玉失落等寶玉睡下令人拿手塞在自己枕邊却不知寶玉和秦鐘如何算賬未見真切此係疑案不敢創纂且說次日一早便有賈母王夫人打發了人來看寶玉命多穿兩件衣服無事寧可回去寶玉那裡肯又兼秦鐘戀着智能兒調唆寶玉求鳳姐再住一天鳳姐想了一想喪儀大事雖妥還有些小事也可以再住一日一則賈珍跟前送了滿情二則又可以完了靜虛的事三則順了寶玉的心因此便向寶玉道我的事都完了你要在這裡逛少不得索性辛苦了明兒是一定要走的了寶玉聽說千姐姐萬姐姐的央求只住一日明兒必回去的于是又住了一夜鳳姐便命悄悄將

昨日老尼之事說與來旺兒旺兒心中俱已明白急忙進城找着主文的相公假托賈璉所囑修書一封連夜往長安縣來不過百里之遙兩日工夫俱已妥協那節度使名喚雲光久懸賈府之情這些小事豈有不允之理給了回書旺兒回來不在話下且說鳳姐等又過了一日次日方別了老尼着他三日後往府裡去討信那秦鐘和智能兒兩個百般的不忍分離背地裡設了多少幽期密約只得含恨而別俱不用細述鳳姐又到鐵檻寺中照望一番寶珠執意不肯回家賈珍只得派婦女相伴後事如何且聽下回分解

紅樓夢第十五回終